AF398062

GEDENKREDE AUF WOLFGANG AMADE MOZART

RICHARD BEER-HOFMANN

copyright © 2023 Culturea éditions
Herausgeber: Culturea (34, Hérault)
Druck: BOD - In de Tarpen 42, Norderstedt (Deutschland)
Website: http://culturea.fr
Kontakt: infos@culturea.fr
ISBN:9791041933396
Veröffentlichungsdatum: FEBRUAR 2023
Layout und Design: https://reedsy.com/
Dieses Buch wurde mit der Schriftart Bauer Bodoni gesetzt.
Alle Rechte für alle Länder vorbehalten.
ER WIRT MIR GEBEN

Von hohen Bergen rinnt ein Wasser zu tiefen Tälern hinab. Einem Gletschersee entstürzt es, wildstürmende Wasser aus seitlichen Tälern werfen sich ihm zu, und in Sturz und Fall, von Talstufe zu Talstufe schwellender und reicher, sucht es seinen Weg. Von Horten, die tief in ringsum starrenden Bergen verborgen schlafen, tragen mündende Bäche ihm verräterische Kunde zu; und wer den Sand seiner Ufer in hohler Hand faßt, dem gleiten, mit dem Sand zugleich, durch seine Finger: dunkles Erz und rotes Kupfer, grauer Kobalt und das Gold und Silber des Rauris. Und wer seine Hand in die Flut taucht – und wäre es selbst dort, wo sie schon zur Ebene hinabsteigt – der fühlt noch immer: Von hoch her kommt dies Drängen, das zu Meeren will; von Gletschern gespeist, uraltem Eise nah, springt helläugig dieser Quell – tief unter ihm sind die Dünste der Täler.

Von venetischen Küsten steigt eine Straße zu verschneiten Pässen der Tauern auf, und sucht die Hänge, wo Ambisontier und Alaunen die Stätten heiligen Salzes hüten. Saumtiere, mit Öl und dunklem Wein beladen, treten den Weg, der Schritt römischer Legionen stampft ihn breiter, und ehe die alten Götter zur Ruhe gehen, leuchtet ihre heilige Nacktheit noch den Bergen.

Und dort wo die zwei sich treffen – der Strom von den Firnen norischer Berge, und die Straße vom Meer und vom Süden her – ist eine Stadt gelagert. Dort wird Mozart geboren!

Musik ist um dies Kind, wenn es erwacht. Die schweren Glocken vieler Kirchen, hell und dunkel wie Menschenstimmen bebend, und neben ihnen kleine Glocken, zu zierlichen Liedern gebündelt, im Glockenspiel der Residenz, und über allen – die Zeiten des Tages vom Berge grüßend – das Hornwerk der hohen Salzburg. Nichts Fremdes schwingt sich von dort oben zu ihm herab. Was jetzt in Orgeltönen über den Bezirk der Stadt hinhallt, war ehedem in seinem Vater, stumm allen andern und nur diesem tönend. Nun klingt von oben allen, Leopold Mozarts schäferliches Menuett im May, ein Jagdlied im Herbstmonat, und im Hornung ein Fastnachtsstück. Und morgens und abends haben sie dort oben in mächtigen Bälgen den Wind gefangen, und der wilde Frühwind, der die Bergnebel zerreißt, und die fächelnden Abendwinde, sie alle sind dienstbar der Musik!

Und wenn die Glocken dieser Stadt schweigen, rauschen ihre Wasser dem Knaben. Nicht bloß die des marmornen Brunnens, wo über Delphinen, die Musik verlockt, der Triton ins Horn stößt. Ein Weg führt zum Schloß des Marcus Sitticus, wo hellsprudelnde Brunnen gebändigt sind, zierliche Künste zu treiben. Dort wird er zuerst sehen, wie der leuchtende Gott den Stümper Marsyas tötet, in steinerner Grotte wird Orpheus stehen, die Hand erhoben, bereit zum Spiel, das den Weg zu den Toten bahnt, und eine Tür wird aufspringen, und auf bunter Bühne, um den Bau eines Hauses geschart, werden Werkleute, klopfend und hämmernd, ihr Tagwerk verrichten, die Bürger an ihr Handwerk gehen und vornehme Herren aus den Fenstern grüßend sich neigen. Und mitten in den Lärm und die lächerliche Hast ihres Tuns klingt ein Choral; das Wasser, das sie alle treibt, treibt auch die Orgel die jetzt tönt. An einem Sinnbild mag dann der Knabe hier zuerst erkennen, was ihm – wie allen die Gott zu Schöpfern aufgerufen – verliehen ist: Auf kleiner Menschen tägliche Hast und geschäftiges Mühen, vergängliche Lust und endliches Leid, mildlächelnd, ihrer Buntheit sich freuend, zu horchen – und zugleich dem Lobgesang zu lauschen, der aus der lärmenden Unruhe ihres Treibens feierlich und ewig sich hebt; und zu wissen, daß ein Quell beides bewegt.

Doch ehe er noch solches zu fassen vermag, entwächst er der Stadt. Andere Kinder mögen auf Märchen hören, deren Könige und Kaiser fern und zauberhaft vorüberziehen, wie Fabeltiere und Feen. Aber dieses Kindes wunderbaren Fingern ist früh Kraft gegeben, die Welt sich aufzublättern wie ein Märchenbuch. Weit hinter ihm liegt die Stadt und der Untersberg, drin der alte Kaiser schläft. Des heiligen römischen Reiches kaiserliche Majestät sendet ihm goldgebortete Kleider und lädt ihn in seiner Stadt zu Hof, des Kaisers Töchter führen ihn an der Hand durch die spiegelnden Säle, des Kaisers Frau küßt ihn mitten auf den Mund, und der Kaiser selbst steht neben ihm und verstummt, wenn sein Spiel anhebt. Und dies ist die Stadt Paris, und wenn des heiligen Ludwig Enkel zu Tische sitzt, steht dies Kind neben der Königin, und sie reicht ihm Früchte von goldenen Tellern – und dies ist die Insel Engelland, und wenn der König mit der Königin im Parke fährt, neigt er sich aus der Kutsche und winkt lächelnd dem Knaben.

Ist dies ein Märchen?

Daß man an der Orgel, drauf er einmal gespielt, eine Tafel anschlägt zu ewigem Gedächtnis? Daß der Papst in Rom um diesen dünnen Kinderhals den Orden vom goldenen Sporen hängt? Daß ein alter Meister vor diesem Kind die Arbeit und den Ruhm eines Lebens zu Staub zerfallen sieht?: »Dies Kind wird uns alle zu Vergessenen machen!«

Ist dies ein Märchen?

Wenn es keines ist – was könnte dem, der dieses erfahren, noch geschehen? Demütigungen? – Sie gleiten von dem ab, dem die stolze Erinnerung solcher Jugend, wie ein goldener Harnisch um die schlanken Hüften sitzt. Armut? – Er wird sie lächelnd tragen, wie das Maskenkleid einer Karnevalsnacht. Und der Tod? – Orpheus weiß es: Wenn er stirbt, wird seine Leier als ewiges Sternbild aufflammen!

Und so kann der Jüngling furchtlos nach den Zügeln seines Reiches greifen – und was ist nicht sein Reich? Die Elemente sind um ihn geschart; aus Wassern rauscht es auf, alle Feuer lechzen zu ihm empor, aus den Lüften fährt es zu ihm herab und will Musik werden; und alle vergängliche Lust und Trauer der Kreatur hebt sich werbend ihm entgegen und will ewig werden in Musik!

Und er rührt daran – und ein Abglanz seines Angesichts liegt auf allem! Helle, unbestochene Kinderaugen sehen die Welt, und diese Lippen haben nicht Bitterkeit, noch Ekel geschmeckt.

Aus tiefgedüngtem, altem, bluterfülltem Boden wächst, was uns bewegt. Wer weiß, ob nicht ein ungestilltes Sehnen vieler Ahnen auf solchen, und nicht anderen Lippen sich erfüllen will? Flammt nicht vielleicht aus unserem Haß die ungesühnte Qual von Toten? Und was rätselhaft mit eisigen Fingern im Dunkel uns umtastet – weht es aus noch nicht vergessenen Schauern einer alten Urnacht?

Aber dieses Meisters Töne klingen von den stilldurchsonnten Matten hochumschlossener Täler. Auf jungfräulichem Boden sprießt es auf, und, wie im Unschuldsstande der Natur, darf es nebeneinander sich entfalten. Haß und Lächeln, süße Wollust, dumpfe Gier und edle Trauer heben sich auf schlanken Stielen, und um aller Wurzeln spülen klare Paradiesesströme, und die heitere Luft seliger Gärten weht hell um ihre Kelche!

Hier steht der Meister und winkt!

Und das Meer an Kretas Gestaden schäumt auf und droht – brach Idomeneo sein Wort? Hinab, Meer, in deine Ufer, und Platz für den Zug! Masken – meint ihr? Nicht Masken! Denn wo wäre mehr Wahrheit, als in dem Antlitz, das er jedem gab? Gespenster? – Fühlt doch, wie ihre Herzen klopfen! Hört Leporello, wie er fröstelt nach durchwachter Nacht, wie er sich Mut zuspricht, seinem Herrn aufzusagen – und wird doch prahlend, feig, verfressen und geprügelt bei ihm bleiben bis an sein Ende. Osmin mag er mit sich nehmen – Osmin taumelt – und Monostatos, den lüsternen Affen, aber an der Kette! Und Papageno mag hinterdrein gehen!

Und weiter! Ihr, die ihr euch aneinanderschmiegt, seid Belmont und Constanze, die treu Liebenden; was euch ängstigt, geht vorbei, wie Regenschauer einer Frühsommernacht. – Und die Stimmen, die sich jetzt durcheinanderschlingen, kenne ich! Platz, ihr Bauern, daß ich eure Herrschaft sehe! – Tauscht ihr eure Gewänder, bergt ihr euch hinter Gebüschen, nehmt ihr das Dunkel wie eine Maske vor euer Antlitz in euern Liebesspielen? Und alles ist nur eines tollen Tages heitere Wirrnis, eines tollen Tages leichte Liebe! Seht ihr Don Juans weiße Federn durchs Dunkel leuchten? Die hinter ihm, wie sein Schatten, gleitet – seht, die liebt! Mag sie vor ihm warnen und drohen, und ihn lästern – hinter allen Schleiern glühen ihre Wangen schamrot im Erinnern! Grüßt Donna Anna! Schwarze Flöre wehen um diese reine Stirne, und wenn ihr glaubt, daß sie der Schmerz zu Boden beugt – gebt acht – sie schnellt zur Rache auf, wie eine edle Klinge! Drängt noch mehr sich empor? Nimmt der Zug kein Ende? Seltsame Trachten, und Priester, und Feuersgluten und Dampf – ballt es sich zum Gewölk? Die ihr hervorbrecht aus den Wolken, wie klingende Strahlen – ihr seligen Knaben – seid ihr die letzten? Ist niemand mehr hinter euch? – – Schweigt, ich brauche nicht Antwort! Denn die Augen dessen, der jetzt hinter euch tritt, kennt auch der, der ihn noch nie gesehen. Auch dir, du Ernster, der du jeden Reigen schließest, hat der Meister Stimme gegeben – aus dunklen Chören klingt sie, wenn er sich selbst zu ewigem Frieden singt!

So steht der Meister – vom Schicksal gestellt – an der Grenze zweier Zeiten. Ihm – wie nie einem andern – ist es geschenkt, das Antlitz seiner Welt, ehe es sich wandelt, allen Kommenden zu künden, und zugleich ein seliger Bote dessen zu sein, was, hinter aller Zeiten wechselndem Antlitz, ewig sich birgt.

Noch dürfen seine Gefangenen hinter goldenen Gartengittern die freie Luft des Meeres schlürfen, und ihr Wächter heißt »Osmin«; es kommt die Zeit, wo ihr Leib, zwischen feuchtem Gestein, im Finstern fault, und ihr Herr wird »Pizarro« heißen. Noch jauchzt auf Don Juans Festen ein Maskenchor ein »Lebehoch« der Freiheit; es kommt die Zeit, wo Chöre von Gefangenen in düsteren Kerkerhöfen um Freiheit auf zum Himmel stöhnen. Noch darf des Meisters »Maurerische Trauermusik« in frommen Weisen um den Tod von Edlen klagen – –

Blut und wieder Blut muß fließen, ehe die Straße frei wird für den »Trauermarsch auf den Tod eines Helden«! – – –

Nicht immer will unsere Seele bei dir weilen, Wolfgang Amade Mozart! Zu sehr hat man uns gelehrt, in unseres Wesens geheimsten Schächten zu schürfen, und wir wissen von vielzuviel Leid. Von Jupiters weißer leidloser Stirne wenden wir unsere Augen, und suchen den tiefen mitleidsvollen Blick, der unter des Prometheus wehevoll geballten Brauen wohnt.

Aber im Frühling und in Tagen des Glücks, wenn wir am frühen Morgen in unsere Gärten treten, und, mit noch schlafgelösten Gliedern, die feuchte Luft des frühen Jahres und den Duft der Erde wie ein Glück genießen, und hoch über uns ein Vogel in erdentbundenem Flug sich dem Himmel entgegenwirft, alle Seligkeit seines Lebens in Gesang verströmend – dann grüßen wir dich, Wolfgang Amade Mozart! Und dem Frühling, und unserem Glück, und dir strömt unsere Seele zu – unaufhaltsam – wie von hohen Bergen hinab zu tiefen Tälern das Wasser rinnt!